# 〈続続続続〉老婆は一日にして成らず

あけまして
おめでとう
ございます
今年を
楽しい
メルヘンを
さがしに
街へ
2023、1
KON

長縄えい子・最後の年賀状

# まえがき

『老婆は一日にして成らず』の五冊目をお届け致します。

一冊目は二〇〇六（平成一八）年、二冊目は二〇一〇（平成二二）年、三冊目は二〇一四（平成二六）年、四冊目は二〇二〇（令和二）年に発行しました。これは月刊「とも」（野田市）の〈ひと模様〉に毎月書かせてもらった連載をまとめたものでした。（二冊目には、「ウーメンズライフ」の文も収録しています。）

今年一月七日、著者は不慮の交通事故で八五歳の生涯をとじてしまいました。

昨年暮れごろ、『そろそろ本にしたいね』と本人は言っていましたが、〈ひと模様〉も二一年目、２５３回で終わってしまいました。

『本にするには足りない』と話をしていました。

したがって本書は、本になっていない最後の32回分を〈その1〉「老婆は一日にして成らず」とし、〈その2〉には、「柏市公民館だより」をまとめ、〈その3〉として「流星」の挿絵を、〈その4〉には、「めるへん文庫審査員のことば」を収録して、一冊の本としました。

どの絵も文も長縄えい子という絵描きの人となりを十二分に表現していると思います。多くの人に親しまれ、絵を描くこと、生きることを謳歌した人生であったとは思いますが、誠に残念な事故に遭遇してしまいました。

『まだまだ、絵を描いて、やりたいことがたくさんある』と口ぐせのように言っていました。一番悔しがっているのは、本人だと思います。

本書を手に取って、ひととき、長縄えい子ワールドにお遊びいただければ、当人もうれしくご一緒することと信じてやみません。


二〇二三（令和五）年七月　　新盆を前にして

たけしま出版　竹島いわお

【目次】

# 〈その1〉 老婆は一日にして成らず

## もう少し昔に戻ってみませんか

2020(令和2)年

主催 柏市文化交流複合施設 パレット柏 LE TEK SHI A
柏市柏一丁目7番1-301号 Day One タワー3階

企画 大洞院ギャラリー運営委員会

後援 柏市教育委員会　我孫子市教育委員会

# もう少し、昔に戻って見ませんか

四月二十日五時四十分頃、太平洋側の女川付近で、大きな地震があった。

原発は、大丈夫か？　まっさきに、それが私の頭をよぎった。人間が作り出した一番怖いものである。

私は今、「朝日新聞」に連載されていた〈サザエさん〉を読んでいる。

私は自分の子ども時代を重ねあわせて思った。

もう少し、昔に戻って見ませんか？

蠅タタキ、御鉢、下駄ばき、消し炭、長火鉢、ズロース、障子張り、こう薬
まだまだ、ある。

今の若い人は、この物たちをどのくらい分るかな。

私が昔を感じた言葉は、昨年のラクビーのとき聞いた「ワンチーム」だった。

家族団らんを感じたからだ。

ハッハッハ
aiku〜
ウルサイニャー

# 夜の楽しい時

緑の木立が、あわいピンク色の建物をとりかこむようにゆれている。そして木立のその影は、散歩道を、模様のようにデザインしている。

ここはリハビリ病院の庭で、お年寄りが杖をついて歩いている。したがって、お年寄りの目は、この道の上が景色なのだ。

道は、緑色の砂を敷いたアスファルトで出来ていた。その道の上を、モミジ葉のような小さな影がどこまでも続いている。

六月は夏至だ。夜の長い時がすぐにやって来る。魔女もお化けも夜祭の子どもたちにも、みんな夜の影の世界の主人公になる。

どうぞ、この季節がコロナや台風に占領されないように祈りたい。

# 文字の景色

文字を書いていると、そこから景色が見えてくることがある。

「木」は一本、二本になると「林」、三本になると「森」、四本だと「ジャングル」という。

立つ「木」を見る。これは「親」だ。親は、子どもをいつもやさしく見ているという、心の景色だ。

「虫」はムシムシするという、あの暑苦しい季節から生れたということらしい。「虫」が春を背負って、黒い土から出てくると「蠢く（うごめく）」なんて、まさに、春先の景色である。

漢字で「夕方」と書けば、赤い夕日が沈んでゆく、光景が浮かんでくる。

デジタル時代、たまに手書きで漢字を原稿用紙に書いて、美しい景色を見ませんか。

# おいしそうな　におい

今、マスクをつけないでおもてを歩いている人は見かけない。香りの商売はあがったりじゃあないかな。いい匂いの花も、値段の高い香水も。

私がやっている絵の教室は、柏二番街の石戸ビル四階にある。

「なんか、おいしそうなにおいがしてくる」と、マスクをはずした生徒が窓を指していう。

「焼き鳥のにおいみたい」

クーラーはつけていても、コロナが流行っているので窓を開けている。

このビルの下には、焼き鳥屋だの中華屋なんかの飲食店が並んでいる。

久しぶりの焼き鳥のにおいをかいだ。

きょうはナスやピーマンの野菜の写生である。ノスもピーマンも焼き鳥のにおいのおかげで、おいしそうに並んでいる。

# お待ちかねの秋がやって来る

「サンマにがいか　しょっぱいか」

あたしだって忘れてしまった。サンマは一匹何千円もするとか、ウナギより高いじゃないか。

それなら、野菜中心かな。そう思ってスーパーで安かったニンジンを山のように買ってきて冷蔵庫にしまった。

そうそう使うものでないので、ニンジンはとうとうしなびてしまった。安物買いの銭失いである。

なにしろ、今年の夏は暑かった。風鈴の音さえも暑さを呼ぶ。風鈴は昔、鉄で出来ていて、お寺の軒先で揺れていた。風鈴の聞こえる範囲には魔が来ないと言われていた。

今年の暑さは、魔だって溶けてしまうようだった。

「秋の夕日に照る山紅葉」、待っていた秋が来る。

# 太ったクソ野郎

地球温暖化にともなって、水害や山火事、世の中がどんどん危なくなってきた。

「うせろ！」「太ったクソ野郎！」

先日、「朝日新聞」に載った、イギリスの「リンカンシャー動物園」の記事である。どこのどいつがこんなことを言ったのか。

それが・・・それが、なんと、大型インコのヨウムという鳥であった。

一羽がこの汚い言葉を使うと、それが連鎖して繰り返され、とんでもない動物園になったらしい。

子どもたちは面白がっているけれど、園側ではとうとう公開中止を決めたそうだ。鳥はその意味を知ってしゃべっているわけではないのだ。

人のだれかが教えたのだろう。犯罪だ。犯人はもちろん人間である。

# 十一月の景色

今年もそろそろ、全国公募の「めるへん文庫」の審査の日がせまって来た。

―あせってもねえ―

私は窓から夜空をながめる。東に火星、南に金星。月のないこのごろの夜の、王子と王女のようである。

季節柄、空気が乾燥していて、星たちはきらめくことが出来ない。

今、世の中はコロナの渦だ。おまけに熊など動物たちが押し寄せている。

―どうしたものかねえ―

先日、上野の美術館へ半年ぶりに行ったら、隣りの動物園の前は、お客でごったがえしていた。皆、動物が好きなんだ。

熊だって、里山があれば街まで来ないのに、そんなところまで家を建てた人のせいだ。

庭には柿が鈴なりだ。てっぺんの柿は、鳥さんたちのご馳走だ。

ウマソウ

# 素敵なことをためる心の貯金箱

## 2021(令和3)年

——————心熱き、妖怪画家——————

# EIKO NAGANAWA

WOOD ENGRAVING "FUSHIGI E."

# 素敵なことをためる心の貯金箱

新型コロナウイルスの感染が収まらない中、新年を迎えました。

今年もよろしく願います。

昨年十二月四日、ＮＨＫの「ラジオ深夜便」でお話したタイトルです。

あまりラジオも聴かず、深夜に起きていないので、こんな時間に聴いている人はいるのかしら、と思っていました。

多くの反響があり、ビックリしています。


私の絵描きの貯金箱は、三歳ごろからのいたずら描きが始まりである。

家の前の通りはほとんど車が通らなかった。アスファルトの通りは、いつも子どもたちのいたずら描きの展覧会が広がっていた。

七歳、小学校に入って落書きは終わった。学校で絵とは写生であると教わったからである。

年をとって子どものころに描いていたあのいたずら描きの貯金箱を開けた。

これが私の絵描き人生の貯金箱である。

# 放課後

世界中に、「コロナ」という赤信号がついた。テレビではコロナの憂鬱さを消すかのように、お笑い番組が始終流れている。いいのかしら？

先日、ミニ展覧会へ出品する絵をならべていたら「放課後」というテーマの絵が三、四枚出てきた。

私は学校時代から、ずっと放課後という言葉が好きだった。「放課後」とは、一生懸命授業をうけて、解放された時の楽しい時間である。私は自分なりに楽しく一生懸命に生きて来て、そろそろ放課後に入ってきた。

人生の「放課後」、私の一番好きな時、それが、それが、あいつのせい・コロナのせいで思うようにいかない。老後という放課後を楽しもうとしている者の邪魔ものである。

世界中がコロナと戦っているが、勝という見通しは暗い。今出来ることは、「逃げる」ということぐらいである。

逃げよう、楽しい放課後が来る時まで。

# 春の日、歩いて見よう

冬本番中、こんな暖かい日があっただろうか。

二月七日の日曜、私もこのようないい日を見捨てちゃあだめだと、マスクをして帽子をかぶって、犬をつれて出かけた。

手賀沼の土手の上は、マスクの行列で賑わっていた。帽子をかぶりマスクをしてどこのどなたか、まったくわからない。ここは近所なのだから、知り合いも多かろうと思う。

手賀沼の土手の景色は、これから咲くはずのサクラがすべて咲き終わったかのような姿で並んでいた。

私の方へだれか近付いて来る。マスクに帽子、まったく誰かわからない。

私の前にやって来ると、

「おいくつですか?」と聞く。

なんで私の歳なんか聞くんだろうと黙っていたら、

「あなたのおつれの犬(ワン)ちゃんですよ」と

マスクの中で笑っている。

マスクのせいで、家族でもちょっと待ってと相手を確かめてしまう。

「ママ、ボケちゃたの」。そんなこと言われても、マスクのコロナ衣装では、仕方がない。

コロナの悲劇はいつか晴れる日がくるだろう。それまでボケと言われようが、マスクは取りませんから。

# 春が来た

さいた　さいた
チューリップの花が
ならんだ　ならんだ　あかしろきいろ
どの花　みても　きれいだな

私が子どものころ、一番初めに歌えたのがこの歌だった。

本によると、チューリップの花の開閉は太陽光線ではなくて、温められると開くのだそうだ。

人を喜ばせようと、コートの中へチューリップを隠しておいたところ、チューリップはコートの中で温められ、知人に渡すと時には満開であったという。

私だって、寒くて縮んでいた冬から、春風が吹き出せば、のびのびと手をひろげてチューリップの気持ちを味わう。

四季それぞれだが、春と秋は特別だ。前にも書いたが、以前京北スーパーの石戸さんから聞いたやさしい話を思い出す。夜、道端の畑の作物は車のライトでゆっくり休めない。作物におおいをするとゆっくり休めるという。なんてやさしい人なのかと感心したことがあった。

野性のウサギも自ら茶色に変わる季節だ。今年は温暖化で、雪が多かった。春が来た。春が来た。

マスクを取って大いに楽しみたいのにねー。

# 歯の話

いつまで続くのかしらねー。

このご時世、毎日、手洗いは、マスクはと衛生に気をつかって暮らしている。

先年、私が40年近く通っていた歯医者の先生が歳だからとお辞めになった。

彼は最後の診療の時、

「口の中は大切です。口からものが入って健康を保ってくれる。口の中はいつもきれいにして下さい」

と、言ってお別れをした。

診療のあるとき、私の歯を見て、「この歯は寿命まで持つでしょう」とも言ってくれたこともあった。

今はせめて、旅の本でも開いて、コロナの納まるまで静かにしていよう。

歯のいいということは、旅先でおいしものを楽しめるということだ。

わかんない
にゃー

# 魔女の出番です

「めるへん文庫」（主宰・我孫子市教育委員会）というタイトルをもつ全国公募の童話募集が、20年をむかえる。

「それどころじゃないよ。この世の中、コロナ騒ぎで、何がメルヘンなのさ」と、言われそうだ。

でも、でも、こういう時だからこそ、作品の中だけどもコロナと戦う魔女の姿が欲しい。

今、コロナに勝つ手段は、予防注射という現実があるのみ。

6月は「メルヘン」という言葉の発祥の地・ドイツのアタタラ山で魔女の祭りが開かれる。コロナと戦う作戦会議でもやって欲しいものだ。

近頃、童話集から魔女が姿を消されかかっている。魔女さんたちよ！「私たちを救ってください」

Let's speed up
Step on it!

# 私の姿

知り合いのカメラマンが、私の着物姿を撮って、「視点」という全国公募のカメラコンクールに入選した。東京都美術館での展示である。連絡を受けたので、うれしくて私は上野の都美館へ飛んでいった。和服の着付けに2時間もかけた私の姿である。場内に入って、自分の姿の写真を探した。

「あった。ありました」。

着物姿の私が、大きな口をあけて、これまた、大きなエビフライをかじろうとしている写真だ。

かぶりついている姿は、見ている方も、よだれが垂れそうだ。これも、美だという。

まわりの入選作品も、見ているうちに写真の世界へと入り込んでしまいそうだ。写真というのは、本当は心で見るものかも知れないと思った。

この写真展のおかげで、少し写真の見方がわかった気がした。

とんかつ

# 平準化なんて、なくなればいい

暑中お見舞い申し上げます。

我孫子の教育委員会で、「めるへん文庫」と名付けて、童話の全国公募をしている。そろそろ20年になる。

作品を読んでいて、どこの地域から応募してきたのか、その地域性が見えない。

自分で住んでいる所が、一番好きな所にするためには、その地域を勉強する事だと思う。

柏地元のたけしま出版は、地域のことを研究して、今住んでいる所がきっといい場所になって行くよう奮闘している。

もちろん、月刊「とも」も地域が一番と、永年続いている。

ネット社会で、何でも平準化しているが、地域性やその独自性が、ますます必要なのだと思う。

# どろんこ遊びをしよう

子どものころ、雨あがりにはいつも友だちが誘いにきた。

夏の終りにふる雨は、ザーと降ってすぐ上がる。

子どもだった頃の私は、雨が上がるのをみて表へ飛び出す。

水たまりのまわりに、みんな集まってくる。その水たまりに、そばのドロを寄せて、どろんこ玉を作った。

今は道がアスファルトだから、どろんこ遊びは消えた。

夏が毎年暑くなるのは、地球のドロの姿を人間がコンクリートで隠してしまったからだ。

地球の温度が上がってくるのは、人間のせいなのに。

どろんこ遊びを返して！

# びんぼう猫

私のうちのそばに、猫好きのおばさんがいて、十四匹も飼っている。

あるとき、きたない猫が迷い込んで、十六匹になった。

「おばさん、また増えたわね」

私がそう言うと、

「野良で、かわいそうだから」と。

きたない猫そうなわるい顔だった。

ところが何日かして、その猫の顔がかわいくなって来た。

「かわいくなって来たじゃないの、どうしてかしら」

私が猫好きのおばさんにたずねると、

「そりゃあ、食べるものがあるからさ」

と答えた。

いやしい顔は、びんぼう猫だっていうことだ。

思わず自分の顔を鏡にうつして見てしまった。

# オヤ　コロナかい？

いま、世界中、威勢がなく、うろうろしている。

昨日、あるスーパーへ、家中で買い物に出かけた。

「安い。これは安い」

後先も考えず、皆で大量に買い物をした。

人間、倹約を重ねコロナに伏して生活するのもいいが、たまには、ドーンとあけっぴろげになるのもいい。

のんきな父さん
夏でも冬でも
黒の羽織に白絣
それに父さん
お人好し
いつも

生活困っている
はは、のんきだね

# 寂聴さんの死

打合せでたけしま出版を訪ねた。

「何しているの？」と私が聞くと、

「歳だから、遺影にするいい写真を探してるんだ」

八〇近くになると、そんなことを考えるらしい。

私もそこに並んでいる写真を見た。笑っているのもあれば、難しい顔をしているのもある。

笑っているのは、「天国の方が楽しいよ。早くおいで」と言っているようで、ちょっとねー。

真面目な方は、これから生まれ変わる未来がある、と言っているようだ。

次の日、寂聴さんの死を知った。朝日新聞の「天声人語」に彼女の話が載っていた。

　筆を持っていない時は、何も見えない。筆を持って書き始めると、青い空もいろんなものが見えて来る。

筆を持っている時だけが、生きているという気持ちらしい。物書きにとってはそれが本当だろう。

私も描くよ。寝てなんかいられない。彼女の死は、私を励ましたくれた。

感謝の気持ちと勇気をいただいた。

# 一年の計

## 2022(令和4)年

ジャズ イン ニューヨーク　　長縄 えい子

# 一年の計

新しい年がやって来ました。

今年もよろしくお願い致します。


歯は口ほどに「物を言い」。

「ちょっと忘れ物しちゃったから取って来るね」と、友人が出てきた玄関へ戻っていった。

忘れ物とは、入れ歯だったのだ。

先日、私は歯が黒ずんできたので、歯医者に行き、磨いてもらった。

「歯は朝なんて磨かなくていいんだよ。そのかわり、夜しっかり磨くこと」。

私はおいしいものが好きだ。大きな口をあけて、よくかんで食べる、ということは、元気印かも知れない。

最近通い始めたこの「いりえ歯科医院」は、おもしろい人で、人間が人

間でなくなったとき、要するに、夜、人間を忘れて、眠りこけた時、魔は

「オオ、同類がいる」

と、やって来る、という。

病気になるのは、人間が眠りこけける時だそうだ。

寝る前に、しっかり歯を磨きましょう。

# 寒ーい　冬景色

犬の散歩で、朝、表へ出ると
野原一面氷ついて
美しい宝石のような原っぱが
広がっていました。
近くの公園では、いつもだと、子どもたちが
大さわぎの声あげて、遊んでいましたが、
今年は、どっこい、遊んでいるのは
カラスたちでした。
いつも、子どもたちの楽しそうに遊んでいる姿を
ながめていたカラス。
ヤッター、カラスの遊び場だ。
薄氷のはりついたすべり台をカラスは、
両足を広げて、すべっていました。

本当だよ。

# 春が来た

春が来た　春が来た　どこに来た
山に来た　里に来た　野にも来た

やっと春が来た。夏も秋も冬も、同じようにやって来る。でも、春は誰でも待ち焦がれている。

『音楽と唱歌』という歌本でも、春の歌が一番多い。次に夏、秋、冬と続く。

近年、暖かくなってきたのに、なぜか雪になる。

私は不思議に思って「異常気象はなぜ増えたのか」という森朗の説を読んだ。

気温が高くなってきたのは、空気中の水蒸気が増えて、雨が多くなってきたという。

新たな災害を生む気象に気をつけたい。地球は生きているのだ。私たちは地球といっしょに生きている。

# パサージュ（パリの通りの名）

私の通っている柏二番街の絵画教室。その画材屋の壁には、私の描いた絵が飾ってある。

その絵のモチーフは、魔女が裸になって自分の着ている服を干しているところだ。服はマント状になっていて、マントの中には、いろんな妖しいものがしまってあったに違いない。

でも、でも、今日でおしまいである。50年近く続けてきた絵画教室が姿を消すことに。まあ、画材屋の都合もあってのことだろうが・・・。

さようならのその日、同じ教室の森岡先生が、待っていてくれて、私の魔女の絵を持ち帰った。

私は写生は絵でなく、いたずら書きが本物に違いないと思っている。絵は人に見せるものでなく、自分が見たいものを描けばいい。

いしど画材の石戸新一郎さんは、パサージュと名づけ、パリの通りをイメージした商店街を作り上げたのである。

ニャー

# 手賀ジャズよ　もう一度！

ピアノが聞こえる。

あれ、どこから？


船橋行の東武線を増尾駅南口で降りて、右への通りを歩いて行った。かなりの老舗の大きなふとん屋の店先からであった。

ふわふわ、もこもこ、このふとん屋アムールの店番をしているのは、そろそろ90の歳の声がかかる別嬪のおかみさんである。

ピアノはと、それは店の中にあるピアノを弾いてる彼女の息子であった。すばらしい音に、ふとんまで上等に見える。

彼女の息子なので、もう70に近いのかもしれない。彼は、もう18年以上前になるが、手賀ジャズのリーダーで、手賀沼の水と鳥の群れを背景に、実に贅沢な一日を多くの人に見せてくれた。

10年続いたが、みんながあきないうちにとやめた。しかし、音楽への思いは捨てられなくて、もう一度と、願いを強めている。

# 私の地域

梅雨入りの声もまだ聞いていないのに、傘をさしても、ささなくても、毎日ゆううつな気分で、雨が降っている。

久しぶりに、友人が展覧会をやっている銀座に出かけた。

銀座は、わたしにとっては幼いころからの地域。現実に現在住んでいる所だけが、私の地域ではない。頭の中にある地域は、今は住処とは関係ないが、懐かしい私の地域である。

コロナ流行で、人足の途絶えた画廊は、ご主人だけが迎えてくれた。

お客の居ない画廊を出て、銀座の有名デパートへ寄った。やっぱり、人数は少ない。

エスカレーターで上の階へ行く。人、人、人、なんで？　ここは１００キン（百円ショップ）。

この銀座の有名デパートも、１００キンに頼っている感じがした。私もしばし、楽しんだ。

そういう時代なんですね。

# 歌う喜び

梅雨寒の悲しみのある雨が降っているのに、流山おおたかの森ホールは満席でした。

「歌う喜び」と題してのバリトンリサイタルです。

90歳近い歌手の福島和雄先生は、年をとればとるほど、それだけ魅力が出てくるものだと、手をひろげ、歌っている姿でした。

戦争や社会不安の現世界に、歌うことによって、平和を感じるはずです。

今日は、この彼のバリトンから住みよい世界をいただいた気持ちです。

歌の文句にしろ、メロデーにしろ、歌で元気になれるはずです。

2022.6

# 救急車、初体験！

生まれて初めて、救急車に乗った、この私が。

私は、２カ月に一度健康診断をかねて、近くのかかりつけの医者「浜田中医」に通っている。

この日は終わったらプールに寄るつもりで、水着を抱え込んでお医者に行った。

相変わらず健康のハンコをおしてくれた。帰ろうと思って、医院のドアを開けると、救急車が止っている。

誰かが乗って行くのかと、うかがうと「さ、どうぞ」と言う。「私、だって？」　なんかの間違いでは、いや私だそうだ。

ここの先生は、健康な私がもしかしてと、自分だけの診断でなく、歳も歳の私のために、他の医者にも診てもらうのがいいと思ったのだろう。

私はありがたいという思いだけで、救急車に乗った。

行った先の新柏の病院でも、何もないとハンをおしてくれた。

他の医者にも診てもらうという、大きな考えでいてくれる、浜田先生に
感謝である。

# 鹿島灘の荒れた海

思い出というものは、実際に体験した時よりも、後からずっとこわかったり美しかったりして、残っていくものだと、つくづく思う。

今年は家族で、鹿島灘の日川海岸へ泳ぎに行った。温暖化のせいでもあるのか、波が高くて、危険だと感じた。

私たちは砂浜に座って、波のしぶきで濡れた体を干していた。しょっぱいみんなの体は、干物になりかかっていた。

柏に住むわたしたちには、茨城県の鹿島灘の風景はふだん見ない景色で、感動である。自分の足元だけを見つめる生活をしているわたしたちには、白い波はすばらしいシーンであった。

# 唄いましょう　唄いましょう　いくつになっても

死にもの狂いの夏の大嵐が止んで、やっと秋風のやさしさがうれしい時になって、今年の敬老の日、２日ともコンサートの招待にあずかった。

偶然のことだったが、どちらも1曲目が「カチューシャ」であった。

この歌は、歳をとっていく情感が、ロマンチックさを伴っていて、敬老の日にはうってつけだろう。

「カチューシャ」の歌詞は、『カチューシャやかわいい　別れのつらさ』で始まる。

青春を思い出して、歳をとっていく楽しさを唄おう。歌はいくつになっても、心のうちを唄うことができるのだから。

# 物語が住んでいる街

「オーイ　行止まりだよ。

　新しいビルが建って、道がふさがれている」


我孫子の町角での北風の会話である。

我孫子は昔から文化人の街で、色とりどりの話が住んでいる。

教育委員会は、この宝物を育てようと我孫子の街から、全国へ「めるへんの物語」の応募呼びかけを二〇年前から続けている。

空き地に家を建てるか、森にするか。

森にすることを選んで、今年で二〇年、すばらしいことですね。

# 月と夜の姿

闇それは宇宙に広がる大地なり
ひかりのみでは宇宙にならず
大いなるまなざしとして在り給う
　すべての宇祖（おや）を忘るるなかれ

田中章義

太陽、月、星の暦に載っていた十一月の詩である。

この夜は公園にも空の見える道端にも、人がかたまって月を見ていた。みんな、黙って空を見上げている。

〈皆既月食〉と〈天王星食〉のダブルの景色が見られるのを楽しみにしていたのだ。

私は地球に住んでいることを確認したような、有り難さの中で、夜の自然の美しさを満喫した。

# 今年のリーダーは誰？

## 2023（令和5）年

カフェの夜

# 今年のリーダーは誰？

今年は「平和」と「やさしさ」の文字で始めたい。

昨年の代表格は、「戦い」と「勝負」が世界をリードした。

ばあさんのこの私だって、サッカーの試合を夜中や朝方にははしゃいで見ていた。

人間は勝負が昔から好きだったのかも知れない。

去年の暮、流山の友の会（流山市立博物館友の会）の忘年会に出た。

このときの時間帯には、勝負のことなんか忘れ、歌のメロデーと歌詞がしっかりとリードしていたのだ。

とっちゃダメ
keiko

# 「ひと模様」の20年

月刊「とも」編集長　梅田　宏

２００２年1月号から、「ひと模様」として20年にわたって素敵な挿絵とともにその時期に応じたユーモアにあふれるエッセイで本誌の冒頭を飾って頂いている長縄えい子さんが、１月７日交通事故で亡くなった。享年85。安らかにお眠りください。

連載の1回目を14ページに再掲載させていただいたが、くしくも今年の一月号で21年目の最初の原稿だった。長縄さんからは毎月、まず文章がファクスで届き、追いかけて手書きの葉書でイラストの原画が、短い便り付きで届くのだが、そこには毎回「いつもかかせていただいてありがとうございます」という、感謝の言葉が書かれているのである。

野田市清水
251の10
とつ気し
梅田宏様

野田市柏762の5101
長澤三ゆ

雪婦と娘

今年もよろしく。
楽しいページを
かかせていただい
て、ほんくてに
うれしいです

明日を約束する
夕富士

こうして、何よりも楽しむことを忘れず、ズバリと物事に切り込んでゆくウイットに富んだ文章は、ユニークな挿絵と相まって、本誌の読者をすっかり虜にし、まずこのコラムに目を通します、という読者がほとんどといってよかった。そして、この連載をまとめて本にしたのが『老婆は一日にして成らず』で、これも発行以来好評で、なんと続続続編まで4冊も発行されている。（たけしま出版刊）

もう来月から、原稿が届くことないのだと思うと、なんともむなしい！

合掌。

（月刊「とも」2023年2月号　編集長より再録）

# 〈その2〉 であいの広場

## ー柏市公民館だよりー

1995（平成7）年から2000（平成12）年


柏市公民館だより

# であいの広場

第 24 号
平成8年12月1日
編 集 「であいの広場」
編集委員会
発 行 柏市中央公民館
柏市柏5－8－12
☎ 64－1811（代）
FAX 63－9364

# 桜色の季節

「ただ今、桜前線はどこまで来ています」。なんてテレビが流れると、日本中が落ちつかなくなる。

春は梅にうぐいすの上品な景色で始まり、どっとなだれこむはしゃいだ桜の姿に、いかにも春の実感を持つ。

お花見の風習は、遠く桃山文化を越え、もっと先までさかのぼることと思う。お花見は山桜のように控え目な風情では淋しい。花見客のど派手なファッションにさえ負けないくらいにぎやかな染井吉野であってほしい。

花の嵐はつきもので、その満開の後の桜吹雪ほど感傷的なものは他にない。

二月の末にポルトガルの田舎を歩いていたら、修道院の敷地に桜が1本ぽっんと咲いていた。私なんか桜は日本に限ると思っていたせいか、ちょっと修道院の尼さんのおそばでは、桜も居心地が悪かろうと同情した。

柏はお花見にはことかかないぐらい、あけぼの山を始めとして方々で桜が見られる。

「サイタ　サイタ　サクラガ　サイタ」

さくらさくらの前奏曲、歌舞伎の助六の吉原仲の町の桜、商店街のビニールの桜、さくら餅などこれだけ桜信仰の文化圏を持つ国も珍しいではないだろうか。

今はほんのつかの間の桜の季節である。

（平成七年三月　第19号）

＊長縄えいこ
洋画＝個展、グループ展
絵本＝福音館、コア出版
イラストレーション＝主婦の友
ポスターデザイン
絵本は「今昔物語集」より妖怪の話を描いています。今年の一〇月ニューヨークで個展開催の予定。

# 夏祭りによせて

夏祭りの季節である。

祭りを英訳すると、カーニバルとかフェステバルらしい。

でもね、日本人だったら誰でも日本のお祭りを、フェステバルなんていって貰いたくないないだろう。

わおーお祭りだ！　なんて、ニコニコしながら人前では、はしゃげない歳になってしまっても、祭り囃子が聞こえてくると、私の子ども時代が賑々しく顔をだす。

用もないのにわざわざ買い物にかこつけて、お祭りの様子を見にいく。

商店街の祭礼提灯の下で、黒い帽子をぶかぶかにかぶったり、鉢巻をした普通でないお兄さんたちが、出店の場所を定めている。お祭りはこの序奏から始まっていく。

子どもの頃の私には、お祭りは夜店の記憶しかない。裸電球の下で、てらてら光っているセルロイドのお面の一群、インチキがらくたの叩き売り、すぐ破けてしまう金魚すくいの網、イカの焼く匂い、わたあめのべたべたした甘さ…。

私は履き付けない下駄の鼻緒で足をひきずりながらも、いつまでも人込みの中を歩いていたかった。

立派な鼓笛隊のパレードでも、満艦飾の花電車でもない。どこからか突然鳴物入りでやってきて、明日はどこかへ消えてしまう。

イカ焼きの匂いと、かき氷のイチゴの赤い毒々しい色、この夏祭りの看板のような想い出が、私の創作の根っこのような気もしている。

(平成七年七月　第20号)

# 大晦日《おおみそか》

大晦日は、人々が一年中で一番活き活きして見える。忙しくない人まで皆そろって忙しぶる。ゆっくり歩けばいいのに駆け出して転んだり、棚の上の煤払いをしようとして、積んであるものが滑り落ちて余計な用をつくる。それでもめげずに働くのが大晦日のいいところだ。

台所では普段作らないお節料理なものだから、「これでいいのかしら」「去年はどうしたっけ」と女たちはまな板の上で精を出す。大晦日だからステーキでいこうなんて家はあんまり耳にしない。黒マメだとか、きんとんがひたすら出番を待ち焦がれている。

私の家でも、祖母から母へ、そして私に、今では子どもが、この大晦日の台所で黒マメを煮ている。思うにずっと先の世まで、大晦日の黒マメ文化は続いていくような予感がする。

町会から、門松と日の出を印刷した年賀のペラペラな短冊が配られてくる。安っぽいからいやだなと思いつつも縁起物だからと、門口に貼る。

　一年の終りと始まりのこの境目の夜、昔はこの夜豊饒を祈って、神様が門口をまわったといわれている。

（平成七年一二月　第21号）

# やさしい季節

桜吹雪の中を卒業生や転勤で散っていく人たちのサヨナラがまだ耳に残っている。今頃が一年で一番やさしい季節のような気がする。

私は叱咤激励されて伸びてゆくタイプではない。うちの親の育て方なのだろう。学童だった頃、できない課目があっても、「まあいいよ。やればできる子なんだから」、親はよくそういった。

この微妙なやさしさに私は、親のために少しがんばろうかと、子ども心にも精を出したのを憶えている。

先日、妹から白状めいたことを聞いた。

私は、家がサラリーマンの貧乏暮らしなのを知っていたので、親に物をねだることをまずしなかった。妹が小学二年の運動会の時、両親にバレーシューズを買ってくれとせがんだそうだ。

理由は足袋はだしの姿が恰好が悪いということらしい。

当時は運動会というとみんな足袋はだしで競技をした。

また、バレーシューズというのは、現在の小学生が上履きで履いているような、モダンな靴のことだった。

親はそんなこととは露知らず、二人そろって日本橋の高島屋へ行ってトウシューズを買ってきたそうだ。もちろん間違いと分って、すぐ取り替えに行ったらしい。

やさしい春風の中にいる時、今は亡き両親のこの話を思い出すことがある。

（平成八年三月　第22号）

# お話し

今の子どもたちは、テレビやマンガ本がお相手をしてくれる。祖父母の話に幕が下がってしまった。

私が子どもの頃は、うちの人たちが入れ替わり立ち代りよく話してくれた。私は祖母の横でお話を聞きながら寝た。祖母は落語の人情話がおはこで、幼い私でさえ「芝浜」の革財布という話の筋書きをすっかり憶えてしまった。夫を出世させる夫婦愛の話を、五才そこその子どもが、それからそれからと合いの手を入れながら聞いていたわけである。

父は夕食の後、縁側でうちわを使いながら、間垣平九郎の講釈を語ってくれた。馬が階段を駆け上がるクライマックスのくだりになると、おでこに縦じわが二本寄った。うちわは講釈師のもっているせんすになる。うちわがこわれるからおよしなさいよ。母の文句なんて耳に入らない。

母は母で、台所仕事の暇が出来ると、ちゃぶ台にほおづえをつきながら少女時代の話を細にわたって話してくれた。

今思うと不思議なことに、誰も桃太郎や金太郎の話をしてくれなかった。私は小学校に入って初めて桃太郎の話を知った始末である。

うちの人たちはみんながみんな、子どもに話を聞かせて、自分たちで楽しんでいたような気がしてならない。祖父母たちの出番がまだまだあった頃の話である。

(平成八年七月　第23号)

# 占い

自分はどこから来たの、自分は何だろう、こういう疑問の関しての本がこのところ売れ筋らしい。

戦後はすでに昔に位置してしまったが、あの頃は明日の糧を稼ぐのにどうしょうか、といった具合で、魂の行方を尋ねるなんて、夢にも思わなかった。食足りて、人の心の貧しさに気がつき始めたのかも知れない。

自分のことについて、とにかくてっとり早く答えを出してくれるのは、暦か占いだろう。

昨年、妹とニューヨークへ行った時、イスラエル人の占いの店を覗いてみた事があった。

独身の妹は私と違って、男性にもてるタイプの人間だった。占いでは妹は近々手を使って人を治す人物が恋人なるだろうと出た。

妹は日本に帰ってきて、外出するたびに白い杖の方が目につくようになったと言っていた。手で人を治すという職業といえば、あんまさんだと、本人も周りも思い込んでいたわけだ。もう一年近くなるけれど、まだ現れないでいる。

平成九年は丑年である。忍耐強く、大器晩成、冬のすみきった星空を眺めながら、自分の魂のありかを探るのもいいかもしれない。

(平成八年一二月　第24号)

# 一年生

桜の花が咲き始めると、一年生のはしゃいだ声が朝の通りを行く。妹は私と十一も離れていて、母が四十を過ぎてから出来た子だ。歳をとってから生まれたれた子は可愛いと世間ではいうが、うちでもご多分にもれず親は妹に夢中で、学校に出かける時など、うるさいくらい忘れ物はないかと聞いていた。

その妹が小学校の一年生に入学して間もなく、初めての授業参観があった。うちの親は子どもの前で、恥ずかしくないようにと、パーマ屋に行ったりして、その日の来るのを緊張して待っていた。

そして当日の朝は落ち着かない顔で出かけた。夕方、妹は学校から怒って帰って来た。わけはこうだ。授業参観は算数で、先生は妹を指したらしい。妹が答えられずに立ち往生していると、後ろからうちの親が代わりに答えたそうだ。先生はその通りですといったが、まわりの友だちが笑ったという。妹はそれで怒っていたのだ。

妹も一児の母になり、今では桜の季節の笑い話になった。
（平成九年三月　第25号）

# 古いアルバム

母は私たちに自分の過去をきかせて、楽しむところがあった。私たちは三人姉妹で、よくこの母の思い出話につきあわされた。

この五月に母の十三回忌をやった。その席でも母がむかし話してくれたことが話題になった。私の母方の祖母に当たる人が、フランス人の血を引いているという。フランスは映画やテレビでしか見たことがない私にとって、憧れの美しい国であった。

私たち姉妹はこの話を聞いた時から、もしや私たちは・・という思いがあった。

それならばと、ほこりをかぶった古いアルバムを引っ張り出して、みんなで見た。アルバムには居並ぶ親戚一同の中で、背が高く、髪がちぢれ彫りの深い祖母がセピア色に変色して写っていた。

その時の私はもうすっかり、フランス人になりきっていた。ああやっぱりね・・そう口に出かかったとたん、隣りでアルバムをのぞきこんでいた

私の娘が笑いながら
「だけどさ、サザエさん一家にフランス人がいるみたいじゃない」と言った。
この発言でこの話しは終いになった。
（平成九年六月　第26号）

# 父の工作

うちで動物を飼う発端は、義理飼いという情けないことから始まった。私の父は頑固な人で、動物は死ぬのを見るのがいやだから、絶対に飼ってはいかんと、私も妹も固く言いわたされていた。

その父がある日、会社から子猫を抱いて帰って来た。

「こないだ部長の家で子猫が五匹生まれたそうだ。それで、お宅にはお子さんもいることだしきっと喜ぶから、猫だすけだと思って貰ってくれないだろうか、と頼まれたんで・・」。

「まあ仕方がないな」

次の日から、母は鰹節を削る回数が多くなった。キャットフードのない時代だったので、猫には鰹節が母の常識の範疇だったらしい。

それからしばらくしたある日曜日、父はむずかしい顔をして何かを作っている。父は大手の鋼材関係に勤める電気技術者である。

「オーイ、出来たぞ」

と、いう声で、母も私も妹も父のもとに走った。出来上がったのは、猫ハウスだった。猫ハウスというのは、ミカン箱を二段に仕切って、下に電球を入れ、上の段で猫が暖まれるような仕組みになっている。私は猫をつかまえて、猫ハウスにおし込んでやったが、すぐとび出してきてしまう。

しばらくは猫ハウスは部屋の片隅で空屋になっていたが、そのうち誰かが片付けたらしくなくなっていた。

(平成九年九月　第27号)

# 恋のお邪魔むし

私の高校時代は「エデンの東」とか「ローマの休日」などの恋愛映画の全盛期であった。

私は学校が休みの時、たまにクラスの男の子と映画に出かけた。母は二人が出かけようとすると、必ず妹をつけてよこした。私も断ればいいのだが、小さな恋の芽生えを母に悟られるのがいやで断れなかった。

妹も姉さんと行くのはつまらない、と一言いってくれればいいのに、またこれが喜んでスキップしながらついてくるのだからいまいましい。

彼も子ども好きなのか、それとも私の妹だからというのか、とにかく辛抱強く、相手をしている。

私は映画が始まって、字幕も読めない妹がどんなに退屈かわかっていた。ここで妹を静かにさせておく方法といえば、食べ物をあたえるしかない。私は残り少ない小づかいを数えながら、飴とアイスクリームを買ってやった。妹は必ず私と彼との間に座る。そして彼にお口拭いてとか、お手てつないでとか甘えている。

映画が始まって佳境に入る。「ねえーすてきねー」。私が彼に妹の頭越しに声をかけると「え、なに、よく聞こえない」、彼は妹の頭のリボンの向こうから問い返す。その時、まわりの人の視線を感じて私は口をつぐむ。

うちに帰ったら、今度こそ母に妹を連れてゆくのを断わろう思うのだが、いつも言いそびれてしまうのだった。

（平成一〇年一月　第28号）

# うちが「倹約」をしていた頃

今から数十年前は、日本中が貧乏だった。母は年中「倹約、倹約」が口癖だった。

ある初冬の一日、陽のさす縁側で母は冬物の出し入れをしながら、

「あんたのオーバー、今年は新調しないとだめね」

と、オーバーの丈と私を見くらべながら言った。そこで日曜日に私のオーバーをみんなで買いに行くことになった。

「下町の方が安いそうだ」

父が会社の上役から聞いてきた。「うちは深川の下町だ」と父がよく言っていたが、下町の中にさらに下町があるとは知らなかった。

父と母と妹二人と私は、都電に乗って錦糸町まで出かけた。

「やっぱり安いわね。こうやって倹約しなくちゃあね」

母はニコニコしながら、ガマグチをパチパチやっている。

「さあ、買い物はすんだ。飯でも食いに行くか」

父に連れられて、みんなはレストランにぞろぞろ入った。

「みんなで、こうして出かけて来るのはいいもんだなあ」

と、父はたいそうご機嫌で、ビールをうまそうに飲んでいる。

父と母は、安いコートを買いに来たことも倹約の言葉も、すっかり忘れてしまったらしい。

（平成一〇年三月　第29号）

# ただの恋

私の父は世にいう堅物で、母以外の女性にはまったく関心がなかった。新聞の三面記事の花である色恋ざた、路上の猫の恋までみんなだめなのだ。父親の権威がもたらす照れなのだろうか。

ところが、母は煮物をしながら台所のイスにかけて、よく恋愛小説を読んでいた。しかし父がいる時は、その本は戸棚の上の方におしこんであった。

その頃、月一回郵便局の簡易保険屋がうちに出入していた。この男は子どもの私から見ても父よりずっといい男で、母なんかからいわせると、映画のスター格だったかも知れない。この保険屋がやってくる日は、私にはいつもよりずっとやさしい母であった。もっとも学校から帰って来ても、おやつを出し忘れるくらいだから、子どもの私に無関心になっていたのだ。

「おあつうございます」

保険屋は日焼けしたかたちのいい額の汗をぬぐいながら入って来ると、

板敷に腰をおろした。

「ご苦労さま。きょうは特別あついんですって」。母は充分冷やした薄甘い麦茶を保険屋にすすめた。保険屋は母とひとしきり世間話をしてから、その日の保険の払込みの手続きをして「ごちそうさまでした」と立ち上がった。

西日の照り返す路を保険屋は自転車をきしませながら帰って行った。母の月に一度のつつましい恋の日であった。

（平成一〇年七月　第30号）

# エンピツ

この間、友だちのところへ行った時、机の上に先が丸くなったエンピツが転がっていた。

私はそばにあったカッターナイフで削ってやった。

ところがその友だちが、エンピツはこう削るものだと、新しいエンピツを出してきて、削り始めた。エンピツの六角の山を削っていくのだ。

「うちの親がね、小さい時、エンピツはこういうふうに六角の山のところから順にけずっていくものだと教えてくれたんだ」

友だちはそう言うと、私の不細工に削ったエンピツの横に、きれいに削ったエンピツを並べた。

私の父も、私の小学校時代、毎晩私の筆箱のエンピツを削ってくれていた。父の削り方は、エンピツの木の部分を長く出して、実にスマートなスタイルの削ってくれた。

小学生の私は、クラスのみんなと違う大人っぽい削り方のエンピツを使うのが、どうにも恥ずかしかった。私はある時、「もう自分で削るからいいよ」と、父にことわった。父は、「そうだね」と、ちょっと淋しげに小さい声で言った。私は急にとてもすまない気がしてきて「いいよ。やっぱりお父さんが削ってよ」と、言ってしまった。だから、私は小学校時代、多くのクラスの友だちのように、机の筆箱のふたを開けっぱなしにには、決してしなかった。

夜、明かりに下でエンピツを削っている時、こんなことを時々思い出す。

（平成一〇年一二月　第31号）

# 恋愛映画

うちの親は街を歩くとき、人の迷惑になるからと、横に並んで歩くことを禁止した。したがって、父を先頭に次の母、そのあとを私たち子ども三人が連なった。

この一行が一カ月に一度行く定番に映画館があった。東京駅の八重洲観光文化映画館である。入場料三十円也、子ども半額。

観光映画だから、珍しい外国の風景を映す、ただそれだけである。両親にはついぞドラマ映画には一度も連れて行ってもらえなかった。家族といっしょに、恋愛シーンなど、父にとっては恥ずかしくてとても見せる気にはなれなかったのだろう。

いつか友だちが話してくれたのだが、映画館がない田舎村は、時々、公民館の畳敷きの大広間で映画会があったそうだ。スクリーンはシーツ。彼ら悪がきどもは、一番前に寝てせきを陣取って、ラブシーンになると足の先でシーツのスクリーンをゆらしたという。

　うちの父も子ども時代のこういう照れを、まだどこかに持ち合わせていたのかも知れない。

（平成十一年三月　第32号）

# おはぎ

戦後しばらく、甘味料のない時が続き、うちの親の台所では、甘味をサッカリンでおぎなっていた。

それがそろそろ砂糖が出まわって来たとあって、うちのおかずは急に甘くなった。

その頃、うちの界隈では、珍しいものやおいしいものが手に入ると、近所へ「ほんのお口よごしです」という言葉をそえて届けたものである。

お彼岸には、おはぎが出回る。小ぎれいなひと口半くらいのは、おとなりで、小判型のかわいいこしあんに少々のきな粉がかかっているのは、お向かいの家のものだ。

うちの母のはかなり大き目で、お砂糖大安売りの甘さである。つぶしあんとはいっても小豆のかたちもそのまんまのおはぎが、洋皿の上に3つぐらい乗っている。そのうえ、どっとあんこが皿の縁まで流れ出しひろがっているのである。

母は、「ほんのおひとつです」と言って、おとなりへ届けろと私にいう。ほんのひとつどころだはない。私はこの美的センスのない母のおはぎをご近所へ届けるのが、どうにも恥ずかしかった。

そんなことを、お彼岸が近づくとなつかしく思い出す。

(平成十一年七月　第33号)

# おまじない

「ちちんプイプイ、何とかのおん宝」、「痛いの痛いの飛んでいけ！」なんて子どものころ親が、こんなおまじないをよくしてくれた。すりむいたひざ小僧にちょんとツバをつけてこのおまじないをしてもらうと、不思議に痛くなくなる。

こんな話をしていたら、自分も小さい頃大事にしていたおまじないがあると友だちが話しをしてくれた。彼は静岡の山の中の生まれで幼い頃、よく川で遊んだという。メダカを飲むと早く泳げるようになると信じて、手ぬぐいの端を結んでメダカをすくう。そしてそれをそのまま飲み込むのだそうだ。

おまじないもこういうのは、かわいくていいが、初物を貰った時のうちのおまじないだけは、私にはなじめなかった。

ある年の春、ご近所から初物の竹の子を貰った。母は初物を貰った時は、西を向いて笑うと福が来るというおまじないを信じていた。父と母、妹二人、みんな西へ向かって正座した。そしていっしょに笑うのだ。

私はがんとして交わらなかった。恥ずかしさを知る年ごろになっていたのだろう。

それから、年月が過ぎ、いつのまにか、私も親がやっていたように、初物がくると「西に向かって笑うのよ」なんて子どもたちに強制している。

（平成十一年一二月　第34号）

# おいしいね、お母さん

最近のくだものは、品種改良でどんなものでも味がぐっと旨くなった。ところが、四〇年ほど前までは、銀座の千疋屋のくだものでさえ、いまのように甘くなかった。

夏の夕方は、六時半だというのにまだ陽があった。明るいうちの晩ごはんというのも、風情がないと母は思っていたらしく、父が会社から帰ると、晩酌をしない父にごはんより先にデザートを出した。

きれいにむいた夏みかんの上に白砂糖がたっぷりかかっている。父のために母がていねいにむいたものだ。

ところが、このごちそうが十日も続く。夏みかんが季節柄、近所の八百屋でとても安いというのが、最大の理由であった。

何事もいえの者たちが、「おいしいね、お母さん」と一言いったら最後、「お母さん、もういいよ」というまで同じ料理が続くことになる。

このストップをかけるタイミングがむずかしく、母の気持ちを思うと誰もとても言えなかった。父は、夏みかんが八百屋の店先から早くなくなってくれることをひたすら待っていたらしい。

（平成十二年三月　第35号）

# 幽霊

母は庭に七輪を出して、とうもろこしを焼いていた。

「とうもろこしは、ゆでるとうまみがにげてしまうから、焼いた方がいい」

これは科学万能主義の父の言い分だ。母はなるほどと、父の考え方を尊敬している。

ある日、私と妹二人で、お化けが出るの出ないのと、騒いでいたら「エネルギーのない化物なんて見えるわけない。実にくだらん」と、叱られた。父は電気科学畑の人であった。

焼きとうもろこしに醤油を塗る。香ばしいにおいが夕方の庭に広がる。

「やっぱり、お父さんのいうように焼いた方がおいしいのよ」

母は焼き上がったとうもろこしを、あついから気をつけて、といってくれた。

「お父さんにも焼いておきましょう」。今日は日曜日で、父はうちにいる。

その時、「お母さん、今、大変な物を見た。俺が本をよんでいたら、窓に幽霊が写った」と、父が青い顔をして、家の中に飛び出してきた。

科学だのエネルギーだのと、私たちに言っていたその父が。父は私たちの心が読めたのか、「暗くなって来たんで、見間違がいかな」と、バツが悪そうに奥へ引っ込んでしまった。「変なお父さんね」

母はそういっているが、それっきり考えこんでしまった。このいやな空気をなんとかしなくては。

「お姉ちゃんの友だちにね、とうもろこしを縞模様に食べる、変な人がいるのよ」

二人の妹は、それならばと、歯をむき出しにして、とうもろこしの縞模様

をつくり始めた。妹たちには、もう幽霊の影はない。
ただ、母と私は父が本当に幽霊を見たことを知っていた。
(平成十二年七月　第36号)

# 〈その3〉 昭和絵草紙

## ―「流星」挿絵集―

ずいひつ

# 流星

第34号

*2022/11*

成田祇園祭　飯田 信義　きり絵

# 幼い日

長縄　えい子

公園で子どもが〝じゃんけん〟をしていた。
「軍艦　軍艦　ハワイ」。
軍艦はグーでハワイは
パーである。
　私は一時、幼い日の
自分になってしまった。

# 私の幼い頃の母

「お母さん、きれいね」
「あらそう。でも、うぬぼれ鏡よ」
（うぬぼれ鏡とは、実際より
きれいに見える鏡）

母は火鉢にコテを入れておいて
熱くなりすぎて、時々髪がこげて
とれてしまう。

母はロマンチックな人だった。

「お母さん、返してよ」
母はいつも私のお手玉を
取り上げてしまうんだから。

# 貸本屋

長縄　えい子

私の本好きは
貸し本屋
から始り
ました

買ってよ。
っていっても
他のうちは
って、母が
いいましたに
他のうちが
なかなか
きませんでした

嬉しくって
にぎやかで
幼い頃の
あたしは
ちんどん屋に
あこがれ
ました
hiko～

私たちの
おしゃべりは
子どもの
あそびで
おんなじや
あ、もうこんな
時間に
なっちゃった
昭和の時

あの頃
私たちは　よそゆきを着て
デパートの食堂へ
行くのが
一番の
楽しみでした
昭和の時

私たち 昭和の子どもは
遊ぶことしか
考えて
いませんでした
昭和の時
あっちへ行け！
お手

あの娘可愛や カンカン娘
赤いブラウス サンダルはいて
誰を待つやら 銀座の街角
時計ながめて そわそわにやにや
これが銀座の カンカン娘
Fantasy

上野の似顔絵かき美しく描いてやればいいのです

昭和の庭さき
笑う門《かど》には
福来たる
だるまさん だるまさん
にらめっこしましょ
笑うと負けよ
ニャー
ワン

どうぶつえん
昭和の子どもは
動物園は
一番
おもーろい
所だーった
ほんとだよ
KON

年の始めの
ためしとて
おわりなき世の
めでたさを
やっこ
たこ
あがれ
ひとつ
ふたつ
みっつ
よっつ

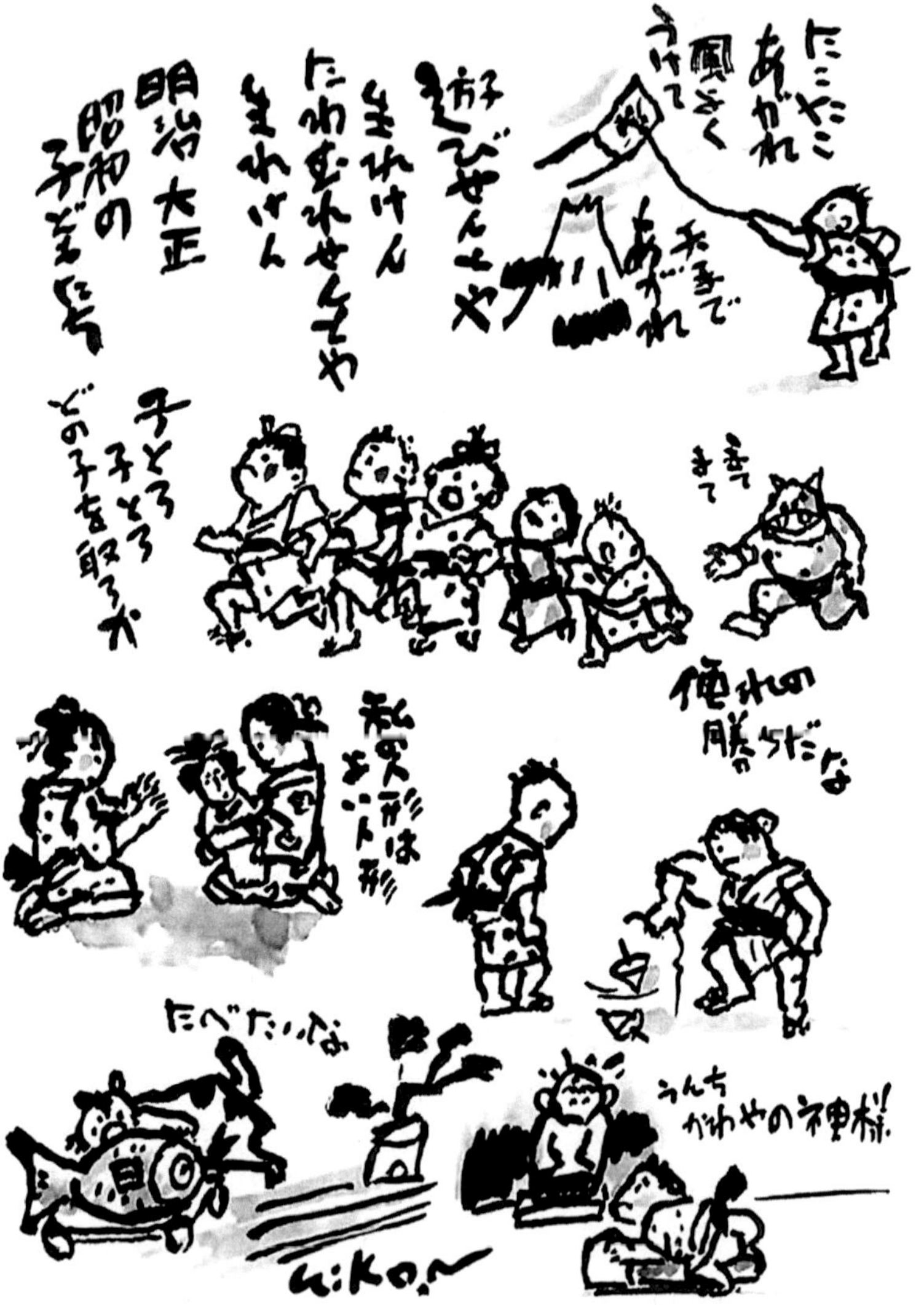

たこたこあがれ
風よくうけて
天まであがれ
遊びせんとや生まれけん
たわむれせんとや生まれけん
明治大正
昭和の
子ども達
子とろ子とろ
どの子を取ろか
まてまて
俺れの勝ちだな
私の人形はよい人形
たべたいな
うんち
かわやの神様!

お菓子の大好きな
昭和の子ども
氷
かき氷屋
ヤキイモ
ヤキイモ屋さん
おかし
10円もらって
お菓子屋へ
とんで
行きよーた
三時の
おやつは
10円もらった
時でーた

となり組常会
とんとん
とんからりんて
となり組
障子をあければ
顔なじみ、
まわーてちょうだい
顔なじみ
たすけられたりたすけたり
井戸ばた会ぎや
かんたんなはんてん
昭和十六年ごろの
私のうちの近所です
みんなもんぺを
はいていまーした
あぶない時代が
やってきます

犬もあるけば
棒にあたる
花より
団子
いろはにほ
へどちりぬるを
鬼に金棒
ちりもつもれば
山となる
芋の煮えたの
ごぞんじ
ないか
わかよたれそ
つね
ならむ
江戸
いろは
がるた

金魚エー
金魚
金魚のステージ
赤いべべきた
かわいい金魚
おめめがさめたら
ごちそうやるぞ
おうちへつれてかえろうよ
あたいたちは
ぼうやが
好きなのね
おれたちの方へ
こいよ
ニャアー
kiko

「シャンソン猫のくらしおいし」
となりの猫の
ゆうがな
くらし
のこりものでも
フランス料理なの
ニャオーー
猫のくらし
なぁんてすてき、
なんでーよ
Ci Ko

ただ今修業中でござる
あそぼうよ
仲間にいれてね
となりの猫の
ゆうがなくらし
フランス料理
なの
すしの生番だよ
ねころくじゃった
ねころんじゃった
お空へとんでった
あしたの朝まで
バイバイネ

今、うちは大正なの
竹は、せんたくザオ
下ぎは シュミーズ
ゴムウエストは
きれいよ
じさんのおうま
おかい物 楽ーいわ

# 長縄えい子さんを偲んで

辻野　弥生（「ずいひつ流星」代表）

「流星」にユニークな画風で人物や風物を描いてきた長縄えい子さんが、1月6日の夕刻の交通事故で亡くなられた。

信じがたい思いで通夜と告別式に参列した。引きもきらない焼香客の姿を、涙目でただただぼんやりと見続けた。

長縄さんとは、30年も前にインタビューをさせてもらって以来のおつきあいである。

あるとき耳打ちしながら聞かせてくれた。

「あたしね、二番街の石戸新一郎さんに食べさせてもらってるの」

「えっ、どういうこと？」

「いしど画材で絵の具が売れないって言うからさ、じゃあ、お絵かき教室やれば？　ってことから教えることになったのよ」

石戸新一郎氏との偶然の出会いから始まった「いしどアートスクール」だったが、そこで45年もの間、絵の楽しさを教えてきた。

「画用紙の隅っこに小さく描く子がいるけど、それでいいの。お上手ねってほめてあげるの」

ＮＨＫのラジオ深夜便でも述べている。

「絵は比べたり競争するものではなく、何より〝好き〟が大事。子どもの頃は、毎日ろう石でいたずら書きをしていました。好きなことを一所懸命やっていると、いつか大きな貯金になります」


長縄さんは世界的に高名な長沢セツ氏のセミナーに学んだ。そこは力のない人はどんどん落とされる完全実力主義の世界であった。

「ここを出たら，払った月謝は取り戻せ、いい作品を描いていれば何も怖くない」

と、揺るぎない自信を植え付けてくれた。


画家ではなく自称「えかき」を名乗った長縄さんは、色白で背が高く、傘寿を過ぎてもロングヘアーをなびかせ、ジーンズだって履きこなした。たびたびカメラマンのモデルにもなった。私のショートヘアーには、

「なんでそんな老人ホームのお婆さんみたいな頭にするの？」

と、手厳しかった。でも、その率直さが憎めなかった。

甘い声でシャンソンも歌った。何度か発表会にお邪魔したが、その天衣無縫なステージに笑い転げたものである。

わが家の居間には、どこか怪しげな長縄さんの作品「座敷わらし」を飾っている。

「辻野さん、毎日この絵を見ながら暮らしているのですか？」

と、大真面目に聞く人がいる。そんなとき、私はクスっと笑ってしまうのである。

長縄さんとは対照的に痩せて小柄な私に、たびたび進言してくれた。

「辻野さん、１００歳まで生きたかったら、たんぱく質を摂るのよ。わかった？」

きっとご自身も１００歳をめざしていたのであろう。電話の第一声「もしもし、あたし」という、いたずらっぽい声が、今も耳元から離れない。

長縄さん、どんなにいやなことがあっても、あなたの絵を見ると、にんまりと頬が緩みました。ありがとう、あなたを忘れません。

# 〈その4〉 子どもたちへのメッセージ

## ― めるへん文庫審査員のことば ―

## 子どもたちへのメッセージ

「我孫子市めるへん文庫」審査員のことば

# 観察

注意深く耳をすませて、いつもよく身のまわりを観察出来る子どもはそれを土台にして、想像力を宇宙のように大きく広げていけるはずです。

形あるものたちは、その後ろにたくさんの私たちの目には見えないものをひきつれています。この見えないものを、見ようとするならば形あるものをしっかりデッサンすることで、やがて見えてくるのです。

いつも自分のまわりをやさしく心で観察して、おもしろいことに出合う機会を作って下さい。

（「めるへん文庫　第1集　平成十六年）

# 我孫子市めるへん文庫受賞作品集

第１集

我孫子市教育委員会

# よーく考えよう

「めるへん文庫」の子どもたちが、心という形のないものを、活字で見せてくれたということは、たいへん貴重なことでした。

私は昨年から今年にかけて半年、五〇メートルのお寺の壁画を制作していました。この時は毎日毎日楽しみで、明日に続く日々でした。絵を描いている時、お寺の住職が、「悟り」というのは、夢中になることだと話してくれました。

この「めるへん文庫」に応募してくれたすべての子どもたちも、きっと夢中で物語を考えるという作業をしたのだと思います。物語をつくるのには、自分のことだけでなく、まわりに存在する動植物などすべてのことに思いをめぐらせなくてはなりません。

やがて大人になった時、この「めるへん文庫」に応募したことが、考えるという大きな力になっていれば、とてもすてきなことです。

（「めるへん文庫　第2集　平成十七年）

めるへん文庫
我孫子市めるへん文庫受賞作品集
第２集

# 想像性のトレーニングをして下さい

物語を作るということは、まだこの世に存在しないものを生み出していくのですから大変なことです。だから皆さんが「めるへん文庫」にお話をのせたということは、すごいことです。物語は想像から始まり、それを組み立て文章にしていくというのがプロセスです。そこで大元になる想像というものが一番大事な作業になります。想像には貧しい想像と豊かな想像があります。貧しい想像というのは、まったく具体性のない支離滅裂な発想です。また豊かな想像というのは、ちゃんと物語にあてはまり、わかりやすく、読者を納得させる発想です。豊かな想像性を養うのには、すばらしい物語をたくさん読んだり、人の話の中や自然の中の良い体験をすることです。

この「めるへん文庫」を読んだ時、世の中の子どもたちが、楽しい幸せな一時をすごせるものと確信しております。

(「めるへん文庫」　第４集　平成十九年)

# めるへん文庫

我孫子市めるへん文庫受賞作品集

第1集

我孫子市教育[illegible]会

# 超能力を手に入れるのは

今年も楽しめる作品が集まって、うれしいです。私も話をかいたり、絵を描いたりしている毎日ですが、いい絵やおもしろい話をかいてやろうと意気込んでいる時は、たいていダメですね。ふとした時、リラックスしている時に、とつぜんヒラメキがやってきます。そして、自分の好きな作品を作ることが出来るのです。将棋の名人が直感とは努力の積み重ねによって現れるといっていました。科学者の発明も同じです。いつもいつもそのことを考えていればある日、それもそのことを忘れている時、自分の中にある不思議な超能力のヒラメキを手にすることが出来るのです。

人間の脳ってすてきですね。

（「めるへん文庫　第5集　平成二〇年）

# めるへん文庫

我孫子市めるへん文庫受賞作品集

第三集

我孫子市教育委員会

# 頑張れ　日本語

日本語ってかしこいーなと思ったのは、中学で英語を習い始めた時でした。たいていの場合英語は、主語、述語、目的語と型式を踏んで作文していくことが多いのです。日本語も形式ばって文をつくることもありますが、それではあまりおもしろくありません。主語も目的語もないものだってあります。ようは、人が読んでわかりやすく、いかにおもしろいかということです。日本のすばらしい作家の文章をそんな目で観察するのも、勉強になるはずです。

どうぞみなさん、新鮮な文章をめるへんに書いてみて下さい。

（「めるへん文庫　第8集　平成二十三年）

# めるへん文庫

## 我孫子市めるへん文庫受賞作品集

第8集

我孫子市教育委員会

# めるへんの世界を書ける間に

めるへん文庫は、今年で十周年を迎えました。心から拍手です。めるへんとは、心の中の旅かもしれません。それも実際には不可能な旅なんです。ウサギと話したり、魔法使いに魔法をかけられたり、空だって、鳥のように飛べるんです。大人になるとほとんどの人が、めるへんの旅は出来なくなります。今のうちです、想像の旅に出られるのは。

今年はオリンピックの年です。それもイギリスです。イギリスはピーターラビットや吸血鬼、魔女と、不思議なものたちの発祥の地でもあります。

時は必ず過ぎて行きます。めるへんの世界にいられる間に、どうぞたくさんの想像の世界を書いて下さい。

（「めるへん文庫　第9集　平成二十四年」

# めるへん文庫

我孫子市めるへん文庫受賞作品集

第9集

我孫子市教育委員会

# 現代の風景画

「めるへん文庫」が誕生してから、十五年たちました。その間に世の中は、ずいぶんと変わりました。

子どもはオモチャ屋にはいません。電車に乗っても、景色を見る子どももいなくなりました。電車の広告は見る人がへったので、少なくなりました。

街の中や家の中から、笑い声やおしゃべりの声が消え、静かになりました。みんなスマホの魔法にかかったのです。

「めるへん文庫」の子どもたちは、スマホの魔法とたたかって、自分のおもしろい作品を書いているでしょう。

六月の新聞記事に、本を読む冊数がゼロパーセントの人が、何と三十三パーセントの割合にのぼるとありました。

子どもたちが、自分の手で書いた作品のおもしろさを忘れる日が来ないように祈ります。

（「めるへん文庫　第14集　平成二十九年）

# 「めるへん文庫」のさし絵

長い間、「めるへん文庫」のさし絵を描かせていただいていることには、感謝しています。

さし絵とは、物語をおもしろく読んでいただく手段です。でも、たった一点だけのさし絵で物語のどこに焦点を当てるか、むずかしいですね。さし絵を何枚か描いて良ければ、描き手としては、楽です。

「めるへん文庫」のさし絵は一つの物語に対してたった一枚です。ストーリーのどこの場面を描いたら、おもしろく読んでいただけるか。物語の山場（クライマックス）を描いてしまったら、物語を読まないで、絵だけで全部わかってしまいます。

「もうわかったよ。そういう話なのね」と、読んだ気持ちになっておしまいです。描き手としては、申し訳ないことです。

物語に一点しかないさし絵は、この絵が山場までひっぱっていく力が欲しいのです。

「めるへん文庫」の一点だけのさし絵は、こんな気持ちで描かせていただいています。

これからも、どうぞよろしく。

（「めるへん文庫」第16集　令和元年）

# 「めるへん文庫」に寄せて

最近の新型コロナウイルスなど、こまった世の中を見ていて、これは「めるへん」の力でしか、勝てないと思っています。「めるへん」は世の中のすくいです。

めるへんの不思議な話やおもしろくて笑いをそそる世界、これが今の現実をもっと楽に、そして力強く生きてゆく力を生み出してくれます。

また、動物や植物について科学的に知って行くと、実に面白いと思います。たとえば、虫の語源は、「蒸し蒸し」するというところから、生まれたという説があります（「天声人語」から）。そして、小さきものたちが、力いっぱい生きるのは夏至の季節です。

虫の世界、動物の世界、人間といっしょに生きてゆくものを、お話を書く上で、友として大事に見てゆくことが大切です。

（「めるへん文庫」　第17集　令和二年）

我孫子市めるへん文庫受賞作品集

第17集

我孫子市教育委員会

# 魔法のほうきを手ばなさないで！

「めるへん文庫」の魔法使いは、ほうきに乗って、とうとう20年にもなりました。

でも、まだ、ほうきから降りたくありません。

「めるへん」は、子どもたちの見る夢のようなものです。

子どもたちは、自分の住んでいる町や村から話を作り上げて行きます。

自分たちに地域の話を、みなさんにしているのです。このような子どもたちは、きっと、自分たちの町や村をすてきな所にしていくのです。

応援に魔法使いがついています。ほうきを手ばなさないで。

（「めるへん文庫　第20集　令和四年）

# えい子さんの『アッカンベー！』

横山　悦子（「めるへん文庫」審査員　絵本作家）

「めるへん文庫、二〇周年までがんばろう」

これが私たちの合言葉でした。「めるへん文庫」の初代審査員として出会い、気づけば二〇年の月日が流れてしまいました。よい作品を選び取るというよりも、子ども達に書く喜びが伝わるよう、応募者全員にメッセージを送ることに主眼を置いてスタートしました。

とりわけ、えい子さんが描かれた表紙絵と挿絵は圧巻でした。愛嬌のある動物たちには魂が宿り、耳を澄ますと会話が聞こえてきました。おかげで、「表紙絵を見て創作しょう」という企画が生まれたほどです。子ども達に、大きな夢や希望、あふれる愛をプレゼントしてくださいました。

えい子さんは、ちょうど二〇冊目の表紙絵を描き上げて旅立ちました。

「こんなことなら、約束なんてしなければよかった」と後悔する私に「何を落ち込んでいるの。元気出しなさい！」と叱咤激励をしてくれます。私にとって、大らかに見守る母親のようであり、好奇心旺盛でお茶目なお人柄は歳の近い姉のような存在でもありました。人も動物も着ぐるみを脱いだらみな同じ。その眼差しは慈悲深く、万人に愛を注いでいました。

ですから、一度会話したら誰もがその魅力に惹きつけられ、気がつけば友だちになっていました。愚かな私は温かなぬくもりに包まれて、このままずっと一緒にいられると勘違いしていました。命は限りあるものなのに、どこかでえい子さんは特別だと信じていたのです。

ある日のこと、桜吹雪が天高く舞い上がり、空のドアをノックすると、あの世の自動ドアが開き、こんな光景が見えました。えい子さんはソバージュの髪をなびかせ、歌って踊って描いています。あの笑顔で、人間や動物、仏さまや妖怪などに語りかけるものだから、みんな一緒に仲良く暮らしています。魂に序列なんて存在しません。

特に、色鮮やかで斬新な作風の仏画は大人気です。百年先まで予約がうまり、「なかなか死ねないわ」とうれしい悲鳴をあげています。絵の具まみれの生活は、この世と全く変わりません。虹がかかると、観覧車に乗って空をキャンパスに絵を描きました。花や鳥や動物たちの笑顔を表現し、地球が平和でありますようにと願いました。時には『アッカンベー！』なんていたずら描きもしました。

なぜって？

えい子さんは、あの世でお叱りを受けて、いつか地球に戻ろうと企んでいるのです。みなさんも、たまには、空をながめてください。えい子さんのいたずら描きが見られるかも知れません。

（２０２３・４・１）

# あとがき

突然の死から時間が過ぎ、たくさんのメモ描き・走り描きの絵などを整理していると、この人は本当に絵を描くことが好きだったのだと、しみじみ思います。そして、いつも『絵を描いている時が、一番幸せ』と言い、『無心で自分の見たいものを描く、それが絵だ』と。

『ボケても絵は描ける』とも言っていましたが、本当にボケになるくらい長生きをしたらどんな絵を描くのだろうかと、かなわぬ夢を見ています。

新盆のころ展覧会をしていただけることになり、急遽『老婆』を創ろうと書かれたものを一冊としました。

「とも」編集長の梅田宏さん、「ずいひつ流星」代表の辻野弥生さん、「めるへん文庫」を二十年伴走していただいた横山悦子さん、追悼の文をお寄せいただき誠にありがとうございました。

本トビラの年賀状は、昨年末までにすべての人に出せなくて、年明けに書いて出すつもりのものです。したがって、受けとられた方とそうでない方がおられます。「遅ればせながら年賀状」と、ご覧いただけると幸いです。

二〇二三（令和五）年七月

竹島　いわお

## 長縄えい子

1937年(昭和12)東京深川生まれ。2023年１月交通事故にて死去。享年85。

油彩、水彩、アクリル、版画制作のかたわら童話やエッセイを執筆。

個展を地元柏市、東京銀座をはじめニューヨーク（3回）、マニラ、プノンペンにて開催。

2000年８月、2001年３月、２回カンボジアにて絵と絵本の作り方のボランティア活動。

2002年６月、プノンペンでの個展作品「メコンの女神」（P100号）がカンボジア政府に寄贈。

2003年３月、奈良薬師寺大講堂落慶法要に際し、「稚児散華」４点を奉納。

2004年11月から半年かけて、柏市花井山大洞院の壁画「遊戯」40メートルを完成。

2004年４月から20年間、我孫子市教育委員会主催「めるへん文庫」審査委員を務めた。

2005年９月、津波の被害を受けたスリランカの子どもたちのために、絵本「TSUNAMIつなみ」を執筆、現地語に翻訳され、小中学校に配布された。

2007年６月、ニューヨーク、セーラムギャラリーにて個展。

2002年6月、2011年11月、プノンペン、ジャバギャラリーにて個展。

2006年～14年、この間、柏・中村順二美術館、京橋・金井画廊で個展開催。

『くつした　かして』（福音館書店　1980）『すてきなうちってどんなうち』（たけしま出版　2005）『つなみ』（たけしま出版　2005）『老婆は一日にして成らず』（たけしま出版　2006）『続 老婆は一日にして成らず』（たけしま出版　2010）『続続 老婆は一日にして成らず』（たけしま出版　2014）『続続続 老婆は一日にして成らず』（たけしま出版　2020）「キリスト教保育」（キリスト教保育連盟）に童話、さし絵。


続続続続　老婆は一日にして成らず〈さよなら篇〉

2023年（令和５）７月１日　第１刷発行

著　者　長縄えい子
発行者　竹島いわお
発行所　たけしま出版

〒277-0005　千葉県柏市柏762　柏グリーンハイツC204
TEL／FAX　04-7167-1381
郵便振替　00110-1-402266

印刷・製本　戸辺印刷所